MAXIMES

ET

PENSÉES

DE

NAPOLÉON

Suivies d'un Poème

RÉSUMANT TOUTE L'HISTOIRE DU GRAND HOMME,

PAR CHARLES SOULLIER.

— ◦ —

PARIS.

AU BUREAU CENTRAL   BOULEVART POISSONNIÈRE, 4,

ET CHEZ TOUS LES PRINCIPAUX LIBRAIRES.

—

1852.

IMPRIMERIE DE MADAME DE LACOMBE, RUE D'ENGHIEN, 14

MAXIMES ET PENSÉES

DÉTACHÉES

DE

NAPOLÉON.

Le travail est l'arme défensive de l'homme contre la faux du temps.

❋

Appelez un grand homme comme vous voudrez, donnez-lui les noms les plus injurieux, diffamez-le, maltraitez-le, et qu'il soit écrasé par vous sous le poids de la calomnie : vous ne l'empêcherez jamais d'être *lui*.

❋

Si, pour être libre, il ne s'agissait que de le vouloir, tous les peuples le seraient. L'histoire nous apprend cependant que peu sont arrivés aux bienfaits de la liberté, parce que peu ont eu l'énergie, le courage et les vertus nécessaires.

❋

Le mensonge passe, la vérité reste. Les gens sages, la postérité surtout, ne jugent que sur des faits.

❋

L'opinion publique est une puissance invisible, mystérieuse, à laquelle rien ne résiste; rien n'est

plus mobile, plus vague et plus fort; et, toute capri-
cieuse qu'elle est, elle est cependant vraie, raisonna-
ple, juste, beaucoup plus souvent qu'on ne croit.

✻

La plupart des sentiments sont des traditions; nous
les éprouvons, parce qu'ils nous ont précédés: aussi,
la raison humaine, son développement, celui de nos
facultés, voilà toute la clé sociale, tout le secret du
législateur.

✻

Il n'y a que ceux qui veulent tromper le peuple et
gouverner à leur profit, qui peuvent vouloir le rete-
nir dans l'ignorance; car plus ils seront éclairés, plus
il y aura de gens convaincus de la nécessité des lois,
du besoin de les défendre, et plus la société sera
assise, heureuse, prospère.

✻

S'il peut arriver jamais que les lumières soient
nuisibles dans la multitude, ce ne sera que quand le
gouvernement, en hostilité avec les intérêts du
peuple, l'acculera dans une position forcée, ou ré-
duira la dernière classe à mourir de misère; car
alors, il se trouvera plus d'esprit pour se défendre
et devenir criminel.

✻

Un philosophe a prétendu que les hommes naissent
méchants; ce serait une grande affaire et fort oiseuse,
que celle d'aller rechercher s'il a dit vrai. Ce qu'il y a
de certain, c'est que la masse de la société n'est
point méchante; car si la très grande majorité vou-
lait être criminelle et méconnaître les lois, qui est-ce
qui aurait la force de ¨arrêter ou de la contraindre?

❋

Le sort d'une bataille est le résultat d'un instant, d'une pensée : on s'approche avec des combinaisons diverses, on se mêle, on se bat un certain temps; le moment décisif se présente, une étincelle morale prononce, et la plus petite réserve accomplit.

❋

L'imagination gouverne le monde.

❋

Les bases indispensables de la société sont l'oisiveté et le luxe.

❋

La nature est toujours le meilleur conseiller.

❋

On ne peut dire, d'une manière certaine, ce qui est heur ou malheur ici bas, dans la vie des hommes.

❋

La *Démocratie* peut être furieuse, mais elle a des entrailles, on l'émeut; pour l'*Aristocratie*, elle demeure toujours froide, elle ne pardonne jamais.

❋

Toutes les institutions, ici bas, ont deux faces : celle de leurs avantages et celle de leurs inconvénients; on peut donc, par exemple, soutenir et combattre la *République* et la *Monarchie*.

❋

Il n'y a point de despotisme absolu, il n'en est

que de relatif; un homme ne saurait impunément en absorber un autre. Si un sultan fait couper des têtes à son caprice, il perd facilement aussi la sienne, et de la même façon : ce que l'Océan envahit dans une partie, il le perd ailleurs.

*

Le cœur d'un homme d'Etat doit être dans sa tête.

*

Nos facultés physiques s'aiguisent par nos périls ou nos besoins. Ainsi, le bédouin du désert a la vue perçante du lynx, et le sauvage des forêts a l'odorat des bêtes fauves.

*

Quand les sentiments d'un peuple sont contre le gouvernement, il est à remarquer que toutes les sociétés particulières tendent à lui nuire.

*

Un bon esprit brave l'infortune, et le plus noble courage est d'y résister.

*

On ne doit pas se contenter de reprocher ses torts à son subalterne; il faut l'en punir. Si vous n'agissez point ainsi, qu'arrive-t-il ? C'est que vous ne faites que l'irriter sans donner un exemple de justice. Voilà ce que c'est que de ne faire les choses qu'à demi; l'on y perd toujours. Il ne faut pas voir, ou si l'on a voulu voir, il faut savoir prononcer.

*

L'immoralité est, sans contredit, la disposition

la plus funeste qui puisse se trouver dans le souverain, en ce qu'il la met aussitôt à la mode, qu'on s'en fait honneur pour lui plaire, qu'elle fortifie tous les vices, entame toutes les vertus, infecte toute la société comme une véritable peste ; c'est le fléau d'une nation. La morale publique, au contraire, est le complément naturel de toutes les lois : elle est à elle seule tout un code.

✳

La révolution française, en dépit de toutes ses horreurs, n'en a pas moins été la vraie cause de la régénération de nos mœurs, comme le plus sale fumier provoque la plus noble végétation.

✳

La morale publique est du domaine spécial de la raison et des lumières.

✳

Pour reproduire les scandales et les turpitudes des temps passés, la consécration des doubles adultères, le libertinage de la régence, les débauches du règne qui a suivi, il faudrait reproduire aussi toutes les circonstances d'alors, ce qui est impossible. Les mœurs publiques sont en hausse, et l'on peut prédire qu'elles s'amélioreront graduellement par tout le globe.

✳

Quand on en est arrivé, dans une certaine classe, à solliciter les emplois pour de l'argent, il n'est plus, pour une nation, de véritable indépendance, de noblesse, de dignité dans le caractère.

✳

L'on ne peut connaître véritablement les âmes et les sentiments qu'après de grandes épreuves.

❋

Une grande réputation, c'est un grand bruit; plus on en fait, plus il s'entend au loin. Les lois, les institutions, les monuments, les nations, tout cela tombe; mais le bruit reste et retentit dans d'autres générations.

❋

Lorsque la mort frappe au loin une personne qui nous est chère, un pressentiment annonce presque toujours l'événement, et celui ou celle que la mort frappe nous apparaît uu moment de sa mort.

❋

L'immortalité, c'est le souvenir laissé dans la mémoire des hommes. Cette idée porte aux grandes choses : mieux vaudrait ne pas avoir vécu, que ne pas laisser de traces de son existence.

❋

Qu'est-ce que la guerre? Un métier de barbares, où tout l'art consiste à être le plus fort sur un point donné.

❋

La santé est indispensable à la guerre, et ne peut être remplacée par rien.

❋

En politique il ne faut jamais reculer, ne jamais revenir sur ses pas. Il faut surtout se bien garder de convenir d'une erreur : cela déconsidère. Même, lorsqu'on s'est trompé, il faut persévérer, cela donne raison.

*

La souveraineté du peuple, la liberté, voilà le code de l'Evangile.

*

Ce n'est qu'avec la sagesse et une modération de pensées que l'on peut assurer, d'une manière stable, le bonheur de la patrie.

*

Les plus grands événements ne tiennent jamais qu'à un cheveu. L'homme habile profite de tout, ne néglige rien de ce qui peut lui donner quelques chances de plus. L'homme moins habile, quelquefois en en méprisant une seule, fait tout manquer.

*

La morale publique est fondée sur la justice qui, bien loin d'exclure l'énergie, n'en est au contraire que le résultat.

*

Ce n'est qu'avec de la prudence. de la sagesse, beaucoup de dextérité, que l'on parvient à de grands buts et que l'on surmonte tous les obstacles. Autrement on ne réussit à rien.

*

Du triomphe à la chute il n'y a qu'un pas

*

Ce n'est pas assez de ne rien faire contre la religion ; il faut encore ne donner aucun sujet d'inquiétudes aux consciences les plus timorées, ni aucune arme aux hommes mal intentionnés.

❊

Le moment qui nous sépare de l'objet que nous aimons est terrible ; il nous isole de la terre.

❊

Il n'y a ni bonheur ni malheur dans le monde ; la seule différence, c'est que la vie d'un homme heureux est un tableau à fond d'argent avec quelques étoiles noires, et la vie d'un homme malheureux est un fond noir avec quelques étoiles d'argent.

❊

La mort n'est qu'un sommeil sans rêve.

❊

Il faut toujours, autant que possible, flatter l'amour-propre de ses inférieurs : que risque-t-on ? Quelque exagéré ou ridicule que soit cet amour-propre, c'est toujours le meilleur moyen de leur faire bien remplir leurs devoirs, et de se les attacher.

❊

En politique, la générosité est un mauvais conseiller.

❊

Il n'est rien au monde où ne puissent faire arriver de vastes combinaisons réunies à la force qui sait mettre en œuvre.

❊

Les peuples se vengent quelquefois bien cruellement des hommages qu'ils rendent à leurs rois.

❊

La maladie incurable des Français est de pousser les sentiments jusqu'à l'extrême; ils sont beaucoup moins inconstants dans leurs goûts, qu'on n'affecte de le dire.

※

Avant la révolution de 89 il n'avait jamais existé en France de véritable esprit national.

※

Il est des hommes dont l'esprit est si supérieur, que l'enthousiasme des autres les refroidit.

※

Les hommes sont comme des chiffres qui n'acquièrent de valeur que par leur position. Il leur faut, comme les tableaux, un jour favorable,

※

Le silence est l'âme des affaires.

※

Celui-là est le plus habile qui sait se montrer à propos.

※

Lorsqu'un monarque abuse des droits dont l'a investi la confiance du peuple, et que ces droits attirent sur ses sujets autant de calamités, ceux-ci ont droit de la lui retirer.

※

Un véritable ami est la plus fidèle image de la divinité sur la terre.

※

Les femmes sont si faibles qu'elles n'ont pas peur : le danger les attache.

※

On peut demander de l'amour à une femme ; mais lui demander de l'amitié, c'est dire au sable du désert de rester fixe.

✳

La première qualité du soldat, c'est la constance à supporter la fatigue et les privations : la valeur n'est que la seconde.

✳

La modération imprime un caractère auguste aux gouvernements comme aux nations. Elle est toujours la compagne de la force et de la durée des institutions sociales.

✳

Avec les budgets bien employés on créerait le monde.

✳

Le point de vue permanent des états est d'être plus fort que leurs voisins, parce que c'est le moyen le plus sûr de n'en être pas écrasé ou humilié.

✳

De la suffisance au ridicule il n'y a qu'un pas.

✳

Il y a une sorte de grandeur à proclamer hautement la scélératesse.

✳

Les peines de l'autre monde n'ont été imaginées que comme supplément aux attraits insuffisants qu'on nous y présente. Dieu ne saurait avoir voulu un tel contrepoids à sa bonté infinie.

NAPOLÉON

OU

GLOIRE ET REVERS.

POÈME:

Sœvo te sub custode teneho.
(Hor. ép. xvɪ, liv. 1.)

« Arbitre du destin, Dieu de paix et de guerre !
» Au Parvis du saint lieu,
» Les anges prosternés implorent ton tonnerre...
» Fais un prodige, et que la terre
» Enfante un demi dieu ! »

De la France, à ces mots, s'éveilla le génie !
Des vautours dévorants
Ensanglantaient le sein de la mère patrie,
Quand un soldat rendit la vie
A ses fils expirants.

Ce soldat, ce guerrier, ce héros tutélaire,
Au céleste signal,
Apparaît ; et son bras sagement téméraire,
Enchaîne l'hydre populaire
A son char triomphal.

Le foyer de l'État, réchauffé par ses braves,
Ne dissout plus notre or ;
Les temples sont rouverts ; les lois n'ont plus d'entraves;
Les châteaux ne font plus d'esclaves ;
Et l'homme est homme encor.

L'ordre ainsi rétabli, la place était vacante
Au trône de nos rois ;
Pour l'occuper, un jour, l'héritier parlemente ;
Pour y monter lui se présente :
Ses lauriers sont ses droits.

Il voit les potentats, dans leur terreur profonde,
        Implorer son appui,
Les Alpes s'abaisser, la mer calmer son onde :
        Son épée a touché le monde,
            Et le monde est à lui.

L'aigle, couvrant alors de son aile intrépide
        Nos remparts glorieux,
Du Nil au Niémen planait d'un vol rapide :
        La foudre du nouvel Alcide
            Allait toucher aux cieux.

Le colosse du Nord , sur sa masse brutale ,
        Retombait au néant ;
Albion frémissait..... lorsqu'une main fatale
        Fit de Moscou la capitale ,
            Un bûcher au géant!

Quand l'homicide hiver, précurseur de l'orage,
        Flétrissait son blason ,
D'un autre grand fléau, l'irréparable outrage,
      . Vint aussi glacer son courage :
            Ce fut la trahison.

Abdiquer la couronne ou diviser la France....
        Quel choix lui fut soumis !...
Le salut de son peuple obtint la préférence :
        Il dut livrer sans remontrance
            Son glaive aux ennemis.

Mais sa tête d'airain craignait peu le tonnerre.
        Des grilles d'Elbion ,
Que son bras colossal brisa comme le verre,
        Il vint reconquérir la terre
            Avec un bataillon.

Cette troupe d'amis, cette escorte fidèle,
        On osa l'accuser !
Mais la France admirait une marche si belle :
        L'Europe entière arma contre elle,
            Et vint pour l'écraser

« La garde, disaient-ils, par le nombre accablée,
    » Meurt et ne se rend pas! »
Aux champs de Waterloo l'écho du mausolée
    Murmure encore dans la vallée :
        Meurt et ne se rend pas!

Ils ne sont plus ! leurs chefs ont péri sous la hache :
    Un sang pur a coulé;
Et de ce noble sang, pour déguiser la tache,
    Dans la nuit du temps, qui tout cache,
        Un siècle est immolé.

Ce siècle, c'était lui : l'idole est renversée,
    Mais non pas les autels.
La trace de ses pas ne peut être effacée
    De l'ère qu'il a commencée
        Les jours sont immortels.

Par des rivaux jaloux, ivres de représailles
    Quel sang fut répandu !
Malheur à toi, guerrier qui gardais nos murailles!
    Riche de l'or de vingt batailles,
        C'est toi qui l'as vendu !

Mais gloire, gloire à toi guerrier toujours fidèle,
    Qui ne l'as point quitté!
Ton heureux nom, pour prix d'une amitié si belle,
    Suivra sa mémoire immortelle
        A l'immortalité.

Vous souvient-il du jour où son dernier navire
    Fendit les flots amers ?
Le plus grand des vainqueurs, trop grand pour un empire,
    Loin de son bord se vit proscrire
        Par le tyran des mers !

Le héros, en partant, fixa son œil sublime
    Sur son astre arrêté !
Une larme tomba sur son sein magnanime
    Pour ceux qui lui faisaient un crime
        De sa célébrité !

« Adieu ! dit-il, adieu ! terre si fortunée,
    Si grande sous mes lois !
Tes héros ne sont plus ! les rois t'ont profanée !
    Honore et plains la destinée
      Des héros et des rois !

Avant qu'un souffle impur ait flétri ma mémoire
    Les temps auront jugé.
Sur un rocher lointain je vais mourir sans gloire !
    Que du moins un jour dans l'histoire
      Mon drapeau soit vengé !

Trahi ! vaincu ! chassé !... Ces mots seront célèbres
    Dans les fastes guerriers !
Mon auréole éteinte a fui dans les ténèbres,
    Et la mort, en cyprès funèbres,
      Va changer mes lauriers !

France, tu vois le coup dont ta gloire est frappée !
    Subis l'arrêt de Dieu !
Si plus tard... car un jour tu seras détrompée...
    Ressouviens-toi de mon épée...
      France à jamais, adieu ! !... »

Il dit ; les flots grondaient.... On cessa de l'entendre ..
    Tels ennemis jaloux,
Qui de son trône alors le firent redescendre ,
    Vingt ans plus tard, devant sa cendre,
      Tombèrent à genoux !

Soldat, il serait mort sous l'éclat de la bombe ,
    De la mort du soldat ;
Mais l'Anglais avait dit : « sans gloire il faut qu'il tombe ;
    Un roc désert sera sa tombe ;
      Son bourreau le climat !...

Et, grâce à ce forfait, aujourd'hui, dans l'histoire,
    Riche de sa splendeur,
Estime, amour, respect, lauriers de la victoire,
    Rien ne manque plus à sa gloire,
      Pas même le malheur !

Imp. de Mme de Lacombe, 14, rue d'Englien.

www.ingramcontent.com/pod-product-compliance
Lightning Source LLC
Chambersburg PA
CBHW061412170626
46811CB00005B/1966